Franz Anton Graf von Marenzi

Das Erdbeben von Perù vom 13. August 1868 und seine Veranlassung

AF381900

Antigonos

Franz Anton Graf von Marenzi

Das Erdbeben von Perù vom 13. August 1868 und seine Veranlassung

Unveränderter Nachdruck der Originalausgabe von 1869.

1. Auflage 2024 | ISBN: 978-3-38613-666-2

Antigonos Verlag ist ein Imprint der Outlook Verlagsgesellschaft mbH.

Verlag: Outlook Verlag GmbH, Zeilweg 44, 60439 Frankfurt, Deutschland, info@outlook-verlag.de
Vertretungsberechtigt: E. Roepke, Zeilweg 44, 60439 Frankfurt, Deutschland
Druck: Libri Plureos GmbH, Friedensallee 273, 22763 Hamburg, Deutschland

D A S

ERDBEBEN VON PERÙ

vom 13. August 1868

und seine Veranlassung.

Erklärt

im Geiste der Einsturztheorie

vom

GRAFEN FRANZ MARENZI

ecc. ecc.

Nach dem Manuscripte des J. 1868.

Zweite vermehrte Auflage.

———————

TRIEST.

VERLAG VON F. H. SCHIMPFF.

1869.

Buchdruckerei des Österr. Lloyd in Triest.

Die Lösung der geheimnissvollen Frage über die im Innern der Erde schlummernde Veranlassung der Erderschütterungen und der damit in Beziehung stehenden Seebeben und der vulcanischen Thätigkeit, hat schon an sich für weiteste Kreise ein sehr grosses und leichterklärliches Interesse. Es kann uns demnach nicht Wunder nehmen, wenn diese Frage, Angesichts der grossen Katastrophe des 13. August 1868 wieder an die Tagesordnung gesetzt wird.

Denn sie steht mit dem inneren Baue der Erde im innigsten Verbande, und hat daher schon im Bezuge auf die gesammte bergmännische Thätigkeit, welche im Haushalte aller Völker der Erde eine wichtigste Rolle spielt, einen so wesentlichen Einfluss, dass die weitesten Kreise und somit auch wir, an der befriedigenden Beantwortung dieser Frage den regsten Antheil nehmen.

Der grossen Fortschritte ungeachtet, welche die Naturwissenschaft in unsern Tagen auf allen ihren Gebieten gemacht hat, ist jedoch die in Rede stehende Frage auch in der Gegenwart noch in jenes mystische Dunkel gehüllt, in welches sie in früheren Jahrhunderten gehüllt war.

Es fehlte zwar nicht an bedeutenden Männern der Wissenschaft, welche wie Humboldt, Volger, Necker, Fuchs, Boussingault, Darvin etc. dem wichtigen Gegenstande ernste und eingehende Studien gewidmet hätten. Aber die bezüglichen Versuche zur Erleuchtung des bestehenden geheimnissvollen Dunkels betrachteten die Erscheinung der Erderschütterungen meist nur als vereinzelte und selbständige Aeusserungen der inneren Thätigkeit der Erde, und übersahen den nothwendigen Zusammenhang, in welchem diese Erscheinung mit den zahlreichen Naturgesetzen steht, deren immer thätiger Schauplatz die Erde ist.

Auch wurde hiebei niemals berücksichtigt, dass unsere Erde bereits eine sehr langjährige Entwicklungs-Geschichte besitzt, deren ältere Blätter die gegenwärtigen Formen der Erd-Oberfläche sind, welche zum Verständnisse dieser Geschichte gelesen und enträthselt werden müssen.

Denn in diesen Formen sind zahlreiche Beweise verzeichnet, dass die Erscheinungen, welche heut' zu Tage mit den Erderschütterungen verbunden sind, schon zahlreiche Vorgänger in jenen älteren Zeiten hatten, in welchen die jetzigen Formen der Erdoberfläche gebildet worden sind.

Dass dies in der That der Fall sein müsse, ersehen wir schon aus der Wahrheit: dass alle jene Veränderungen, welche mit der Erde in früheren Epochen ihres Bestandes vor sich gingen, nothwendig durch die gleichen und ewig unveränderlichen Naturgesetze herbeigeführt worden sein müssen, welche

4

auch heut' zu Tage nicht blos die Erde, sondern auch alle Sphären des gesammten Weltgebäudes beherrschen, dessen unvergängliche Ordnung wir bewundern.

Wenn wir nun, den Fehler der Einseitigkeit vermeidend, die in Rede stehenden Fragen als eine Wirkung dieser auf der Erde herrschenden Naturgesetze auffassen wollen, so werden wir gezwungen, so weit als möglich zu den embryonalen Zuständen unseres Planeten zurückzugreifen, um die gliederreiche Kette der Veränderungen, welcher die Erde unterworfen war, und welche wir auf ihr nachweisen können, unter Anwendung erwähnter Naturgesetze, gleichsam an der Wurzel zu fassen, und aus diesen ursprünglichen Zuständen klar und fasslich zu entwickeln.

Dabei gelangen wir aber unwillkürlich zu der Kant-Laplacischen Theorie der Entstehung der Erde aus der Sonnenatmosphäre, welche die allgemein bekannte und allgemein anerkannte Grundlage aller geologischen Erscheinungen der Erde bildet, und von welcher aus wir demnach, wie aus einem festen Bollwerke, mit voller Berechtigung den Ausgangspunct für unsere Beweisführung nehmen dürfen.

Wir hoffen dass diese Theorie uns bei Anwendung der bekannten Natur-Gesetze, einerseits die Entstehung der gegenwärtigen Formen der Erdoberfläche, welche im Bereiche unserer Fragen liegen, richtig erkennen lassen wird; und dass sie uns andererseits die befriedigende Beantwortung dieser Fragen selbst ganz leicht machen werde !

Und so lassen wir, vertrauensvoll in diese unsere Grundlage, hier ihre wesentlichen Sätze folgen, und zugleich unsere darauf begründete kurzgefasste Ideenentwicklung.

· Diese Sätze lauten :

1. Die Erde war einst in einem viel heisseren Zustande als in der Gegenwart, in welcher nur mehr der metallische Kern sich in einem grossen Hitzegrade befindet.

2. Bei ihrer ersten Entstehung war sie sogar in feuerflüssigem Zustande, wesshalb die Ablagerung ihrer verschiedenen Bestandtheile, nach dem Gesetze der Schwere, so erfolgen musste, dass die schwersten zunächst am Mittelpuncte, die leichten aber an die Oberfläche zu liegen kamen.

3. Ihre Bewegung im kalten Weltraume war die Veranlassung einer allmäligen Auskühlung, welche, an der Oberfläche beginnend, auch auf das Innere überging ; sie verminderte allmälig das Volumen der Erde, die Länge der Axe, und jene des Aequator-Durchmessers, und bildete schliesslich aus einem anfänglich sehr gedehnten Sphäroiden, jene fasst vollkommene Kugel, als welche die Erde jetzt erkannt wird.

Aus diesen, der Kant-Laplacischen Theorie entnommenen, aber ganz fest-stehenden Hauptgrundsätzen und aus diesen sicheren Ausgangspuncten ergeben sich von selbst nachstehende weitere Schlussfolgerungen :

Die Volumen-Verminderung der Erde konnte weder in allen ihren Schichten eine gleichförmige, noch eine gleichzeitige sein; sondern erfolgte, ganz abgesehen von der Lagerung ihrer Bestandtheile in grösserer oder geringerer Nähe der Oberfläche, an jenen Theilen der einzelnen Schichten stärker, an welchen ausdehnsamere Mineralien sich gelagert hatten, und im minderen Grade dort, wo weniger ausdehnsame solche sich befanden.

Dieses verschiedene Verhalten der Erdbestandtheile bei ihrer allmäligen Auskühlung brachte es nothwendig mit sich, dass sowohl zwischen den verschiedenen Schichten der Erde, als auch zwischen den verschiedenen Bestandtheilen dieser Schichten, zahlreiche Trennungen, Klüfte, Sprünge, mit einem Worte die mannigfaltigsten inneren Hohlräume entstehen mussten.

Der Bestand dieser Hohlräume konnte kein längerer sein, als bis zu dem Augenblicke, in welchem die Schwere, dieses grosse und allgemeine Gesetz der Weltordnung, die nicht mehr gestützten Oberlagen der Hohlräume auf die Unterlagen, oder obere Hohlräume auf tieferliegende solche hinabstürzen konnte.

Mit diesen Einstürzen im Innern der Erde mussten jedoch nach Maassgabe der Grösse der stürzenden Massen, auch weitreichende Erschütterungen der benachbarten Theile der Erde verbunden sein, ja auch das Nachsinken der Erdoberfläche selbst, als die ganz natürlichen und rein mechanischen Processe, der Volumensverminderung der Erde.

Diese Erderschütterungen und dieses Nachsinken der Erd-Oberfläche, welche bald sanftere, bald heftigere, bald allmälige, bald plötzliche sein mussten, sind schon des ältesten Datums, und reichen einerseits in die fernen Epochen des Nichtvorhandenseins der organischen Schöpfung auf Erden, andererseits jedoch auch tief in die Zeit des Bestandes derselben hinein.

Wir finden die Beweise hiefür in der allgemein zu beobachtenden Aufrichtung und Ueberwerfung der Gesteinsschichten unserer Berge; in den zahlreich selbst auf den höchsten Höhen vorhandenen Petrefakten einst lebender Organismen; in den allseitig von schroffen Felswänden umschlossenen Gebirgsseen; in den hochliegenden und ganz ebenen Stein-, Schotter- und Sandwüsten, als ehemaligen Seegründen; in den zahlreichen hohen Tafelbergen und in den von steilen Felsabstürzen begrenzten Hochgebirgsplateaux; in den ebenso zahlreichen steil ins Meer abfallenden hohen Vorgebirgen; in den häufigen Spaltungen der Gebirgszüge und vielen ganz besonderen Thalformen; in den Vulcanen aller Art; in den Maaren und in der sogenannten Karstformation, mit ihren unterirdischen Wasserläufen; kurz, in den mannigfaltigsten sehr bekannten und nirgends fehlenden geologischen Vorkommnissen der Erd-Oberfläche.

Und wenn wir diese Beweise der in der Vorzeit stattgefundenen Erdbewegungen aufmerksam prüfen, so finden wir darin auch zahlreiche solche, welche durch ihre Grossartigkeit und weite Verbreitung uns den Beweis liefern, dass diese Bewegungen, in den früheren Perioden des Bestandes unseres Planeten, oftmals fast allgemeine Umwälzungen der Erd-Oberfläche waren.

Die Versteinerungen, welche wir auf den höchsten Gebirgen der Erde, und zugleich auch in den Schichten der tiefsten Ebenen treffen, geben uns den sprechenden Beweis, dass die Entstehung der Gebirge, so wie jene der ebenaufgezählten besonderen Formen der Erd-Oberfläche der Schöpfungszeit angehört, welche nach unserer in den Fragmenten gelieferten ziffermässigen Berechnung, weder Millionen noch Hunderttausende von Jahren auf ihrer Stammtafel verzeichnen können.

Wir stehen demnach dieser Entstehung näher als gewöhnlich vermuthet wird, und besitzen in den Erscheinungen und in den Gebilden, welche noch gegenwärtig bei Erderschütterungen wahrgenommen werden, die untrüglichsten Beweise, dass auch in der Gegenwart noch, die gleichen Veränderungen der Formen der Erde vor sich gehen, wie in der Vorzeit, wenn gleich jetzt in viel kleinerem Maasstabe.

Wenn aber in der Vorzeit die im Innern der Erde bestandenen Hohlräume, die Veranlassung gewaltiger Formveränderungen waren, so müssen die heut' zu Tage eintretenden gleichartigen Formveränderungen der Erde, auch von der gleichen Veranlassung, nämlich von den vorhandenen Hohlräumen und von Einstürzen derselben im Innern der Erde herrühren, wie ehemals!

Es handelt sich demnach nur noch um den näheren Beweis, dass die eben aufgezählten älteren Formbildungen der Erde wirkliche Folgen stattgefundener Einstürze im Innern der Erde gewesen seien, oder, dass Einstürze im Innern der Erde, uns alle gegenwärtig vorhandenen Formen der Gebirge mit ihren wechselvollen Mineral- und Lagerungsverhältnissen, ebenso wie alle bezüglichen Verschiedenheiten der Erd-Oberfläche überhaupt, genügend zu erklären im Stande seien.

Wenn dieser Beweis gelingt, dann können füglich alle jene phantasiereichen Hypothesen übersehen werden, welche gegen Newton's weise Mahnung: „keine Wirkungen durch Hypothesen zu erklären, welche durch bekannte Naturkräfte genügend erklärt werden können", noch immer zahlreiche Vertreter finden.

Diesen Beweis aber liefert uns die Wissenschaft sehr correct, indem sie jene Erscheinungen näher bezeichnet, welche die naturgemässen Folgen aller im Innern der Erde stattfindenden grösseren Einstürze nothwendig sein müssen.

Die Erscheinungen, welche zu allen Zeiten als die nothwendigen Begleiter der Einstürze auftreten mussten, sind aber folgende:

a) Ein entsprechend vernehmbares Getöse, verschieden nach der Mannigfaltigkeit der Einstürze.

b) Erschütterung der elastischen Unterlage, nach Maassgabe der Grösse der Sturzmasse, bald wellenförmig, bald als reagirende Stösse.

c) Entstehung von Erdspalten, von muldenförmigen Einsenkungen, von schroffen Erdstürzen, oder nach Terrainbeschaffenheit, Bildung von Land-Seen, von Meeres-Buchten und überhaupt, Versenkungen des festen Landes unter die

Wässer, welche sämmtlich der Grösse nach, von der Grösse und von der Heftigkeit der inneren Einstürze abhängig sind.

d) Vulcanische Thätigkeit in allen Fällen, wo hiebei die Herde brennbarer Stoffe im Innern der Erde, durch Druck oder Stoss, in besondere Mitleidenschaft gezogen werden.

e) Keine besonderen Bewegungen der Oberfläche der Meere bei gewöhnlichen Erschütterungen des Meeresgrundes.

f) Beim Einsturze grosser Strecken des Meeresgrundes in bedeutende Tiefe jedoch, heftige Bewegung der Meeres-Oberfläche, und hohe, weit verbreitete, gegen die Küsten anstürmende Erschütterungs- oder Sturzwellen.

Wir sehen, dass die Postulate der Wissenschaft mit den Erfahrungen der Wirklichkeit vollkommen übereinstimmen, ja dass zwischen beiden eine nicht zu verkennende fotografische Aehnlichkeit besteht.

Getöse, Erschütterungen, Spaltenbildung, Senkung der Erd-Oberfläche, Entstehung von Seen und von Meeresbuchten, Aufruhr der Wässer, Aufruhr der Vulcane etc. finden sich in gleicher Weise bei den Forderungen der Wissenschaft, wie bei den wirklichen Vorkommnissen von Erderschütterungen vor.

Durch diese Uebereinstimmung in den Erscheinungen werden wir nun vollkommen berechtiget, die gleiche Uebereinstimmung auch in den Veranlassungen vorauszusetzen, und folglich unsere in Rede stehende Frage, nach der Veranlassung der Erderschütterungen, durch den Hinweis auf die im I n n e r n d e r E r d e b e s t e h e n d e n H o h l r ä u m e zu beantworten, welche jetzt, wie in der Vorzeit, ein Verlangen nach Ausfüllung besitzen, und welche solches durch den Einsturz der darüber befindlichen Schichten beurkunden.

Wir werden in dieser Ansicht noch durch den besonderen Umstand bestärkt, dass alle andern bisher versuchten Beantwortungen unserer Frage, von der Wissenschaft als unbefriedigend verworfen worden sind; wobei selbst A l e x. v. H u m b o l d t's bekannte R e a c t i o n s k r a f t d e s E r d i n n e r e n keine Ausnahme machte. Denn es haben sehr zahlreiche Beobachtungen erwiesen, dass das Eintreten der Erdbeben an keine Jahres- oder Tageszeiten und an keine besonderen Constellationen der Erde mit der Sonne, dem Monde und den Planeten, oder vom Erscheinen der Kometen gebunden sei, wie man in älteren Zeiten glaubte. Es wurde vielmehr constatirt: dass Sommer und Winter, Herbst und Frühling, nördliche oder südliche Halbkugel, Equinoctien und Solstitien, Tages- und Nachtstunden, Sonnen- und Mondes-Nähe oder Ferne, Stürme und Gewitter oder Windstille etc. etc. etc. nicht den geringsten Einfluss auf die Zahl oder die Heftigkeit der Erderschütterungen haben, welche zwar leider häufig genug, aber ganz regellos eintreten.

Schon diese letztere Thatsache erweist die gänzliche Unabhängigkeit der Erdbewegungen von allen dergleichen cosmischen Einwirkungen, da diese ohne einer periodischen und regelmässigen Wiederkehr gar nicht gedacht werden können.

Wenn wir nun solcherweise gar keinen Zweifel mehr haben, dass die Frage nach der Veranlassung der Erderschütterungen nur durch Hinweisung auf besondere Vorgänge im Innern der Erde selbst beantwortet werden könne, und dass nur die hier vor sich gehenden Einstürze diese besonderen Vorgänge seien; so wollen wir dies durch die grosse Katastrophe, welche zwischen dem 15. und 16. August den grössten Theil der Westküste Amerika's, und einen grossen Theil des stillen Oceans mit Einschluss Neuseelands, Australiens und Japans betroffen hat, doch noch näher erweisen, indem die grossen Züge dieses ausserordentlichen Ereignisses in aller Kürze und Schärfe zeichnen.

Wir wenden hiebei unsere Aufmerksamkeit nur auf die drei vorzüglichsten der beobachteten Thatsachen und zwar: auf die g r o s s e A u s d e h n u n g der gleichzeitigen Erschütterung, auf den A u f r u h r d e s O c e a n s und auf die R u h e d e r V u l c a n e.

In ersterer Beziehung wurde genau constatirt, dass die ganze Küste von Peru in einer Längen-Ausdehnung von nicht weniger als 20 Breitengraden, oder von 300 deutschen Meilen ganz gleichzeitig, nämlich um $5\frac{1}{4}$ Uhr NM. am 13. August, erschüttert wurde.

Die Verbreitung dieser Bewegung gegen das Innere des Festlandes war dagegen, soweit die Berichte reichen, eine verhältnissmässig geringe, und jedenfalls eine sehr abgeschwächte, da von Verwüstungen, wie jene von A r e q u i p a, T a c n a, M o q u e g n a etc. keine Erwähnung geschieht.

Auch die dieser ersten Erschütterung später nachfolgenden Erdbewegungen, wie jene von Equador am 16. August, und von Californien am 21. October, behielten den gleichen Charakter bei, jenen der G l e i c h z e i t i g k e i t nämlich, a u f s e h r l a n g e r L i n i e.

Es ist jedoch nicht zu übersehen, dass hier nur von dem ersten heftigen Stosse die Rede ist, und nicht von den sehr zahlreichen, welche diesem ersten verheerendsten nachfolgten, und welche nach Verschiedenheit der Localitäten viele Stunden, ja Tage anhielten. Arequipa wurde in wenigen Minuten total zerstört, die Erschütterungen dauerten jedoch noch sechs Tage, und man zählte über 200 Stösse.

Dieser Längen-Ausdehnung der gleichzeitigen grossen Bewegung wegen, kann der Herd und der Ausgangspunct derselben nicht unterhalb des erschütterten Festlandes selbst, sondern nur westlich desselben im grossen Oceane gelegen und zu suchen sein, und zwar in keiner geringeren Entfernung von der Küste, als einer der gleichzeitig erschütterten Linie entsprechenden, von mindestens 100 —150 deutschen Meilen.

An dieser Stelle muss im tiefen Innern der Erde ein sehr bedeutender plötzlicher Einsturz bestandener Hohlräume stattgefunden haben, welcher bis zu compacten sehr harten, ja vielleicht bis zu ganz metallischen Schichten des Erdinnern hinabreichte.

Die Erschütterung so fester Schichten, welche wir anlässig des grösseren specifischen Gewichtes des Erdinnern, im Vergleiche mit dem geringeren der obersten Hüllen der Erde anzunehmen vollberechtiget sind, ist es, welche uns die plötzliche, heftigste und gleichzeitig über so ausserordentlich lange Linien verbreitete Rüttelung der Erdoberfläche, zu erklären im Stande ist.

Wir müssen an dieser Erklärungsweise um so mehr halten, als einerseits weiche Materialien, Conglomerate, Zerklüftungen und sogenannte Formations-Grenzen bekanntlich keine guten Bewegungsleiter sind; andererseits jedoch die Erschütterung harter Fels- oder metallischer Schichten mit ausserordentlicher Gewalt und Schnelligkeit, die empfangenen Stösse nach den Gesetzen der Wellenbewegung fortsetzen und verbreiten.

Wir sehen demnach, dass ein grosser Einsturz im Innern der Erde, an jener Stelle des grossen Oceans, die wir früher oberflächlich andeuteten, uns die erste der drei in Rede stehenden Erscheinungen unserer Katastrophe, ganz leicht und einfach erklärt.

Es frägt sich nun, ob diese Hypothese auch die zwei anderen der geheimnissvollen Erscheinungen, nämlich den Aufruhr des Oceans und die Ruhe der Vulcane eben so klar, einfach und naturgemäss zu erklären im Stande sein wird, wie dies mit der Erderschütterung der Fall ist.

Wenn wir die Erfahrung naher und ferner Zeiten befragen, so werden uns*) die zahlreichsten Fälle, selbst grossartigster Erderschütterungen vorgeführt, in welchen selbe zwar auf den Meeren als Seebeben, durch Stösse an den Schiffen, durch Zerreissen der Verankerungen etc. etc. empfunden worden sind; bei welchen jedoch die Meere selbst vollkommen ruhig blieben, und daher weder ein Rücktritt derselben von den Ufern, noch Sturzwellen oder sonstiger Aufruhr beobachtet wurde.

Und in der That vermag die blosse Erschütterung des Meergrundes, bei der bekannten Elasticität des Wassers, eine solche Wirkung auf der Meeres-Oberfläche nicht zu erzeugen!

Es muss demnach eine andere Veranlassung vorhanden sein, welche die grosse und ganz ausserordentliche Fluthbewegung der Meere erzeugt, als jene, durch welche die Erderschütterungen bewirkt werden. Und zwar muss selbe mit dieser letzteren im innigsten Zusammenhange stehen, da so zahlreich auch die ausserordentlichen Meeresbewegungen genauer beobachtet wurden, dieselben doch niemals selbständig, sondern immer nur in Verbindung mit gleichzeitigen grossen Erderschütterungen auftraten.

Es können freilich grosse Fluthbewegungen an Küsten beobachtet werden, welche selbst von den Erderschütterungen nicht betroffen worden sind; da die Fortpflanzung der Erdbeben im Innern der Erde, durch die Verschiedenheit des Materiales dieses Innern, gar zahlreichen Hindernissen begegnen können,

---

*) Durch Humbold, Hoff, Nögerrath, Fuchs etc.

während bei der grossen Verschiebbarkeit des Wassers die Fortpflanzung der Bewegung grenzenlos dem erhaltenen Impulse folgt.

Neuseeland und Australien wurden diesmal gar nicht erschüttert, aber doch von heftigen Fluthbewegungen des Meeres heimgesucht. Das Erdbeben, welches am 17. August 10 Uhr Morgens in einigen Theilen von Neuseeland empfunden wurde, ist offenbar eine selbständige Erscheinung, welche mit der vorausgegangenen Fluthbewegung daselbst in keinem Zusammenhange steht.

Die bedeutenden Meereseinbrüche in Friesland, Schleswig, Holland, Flandern und England, von welchen ältere Chroniken Erwähnung machen, haben stattgefunden, ohne dass dabei von Erderschütterungen irgend ein Bericht auch uns zugekommen wäre.

Die dazu gehörigen Erdbewegungen reichten entweder nicht so weit als jene der beweglichen Wasserfluthen, oder sie wurden in Mitte der grossen Zerstörungen, welche letztere herbeiführten, gar nicht beachtet.*)

Der in Rede stehende Zusammenhang, zwischen der Veranlassung der aussergewöhnlichen und grossartigen Fluthbewegungen der Meere und der Erderschütterungen, wie wir ihn jetzt kennen gelernt haben, kann jedoch andererseits nicht als ein nothwendiger, oder als ein von den Erderschütterungen unzertrennlicher betrachtet werden, da, wie gesagt, schon die gehäuftesten Erdbeben an den Meeresküsten, bei grösster Ruhe der Meere beobachtet worden sind. Ja

---

*) Von den zahlreichen Sturmfluthen an den niedrigen Meeresküsten der genannten nordeuropäischen Länder, welche ungewöhnliche Austritte der Meere, und weitverbreitete verheerende Ueberschwemmungen mit grossem Verluste an Gut und an Menschenleben verursachten, sind vorzüglich folgende im hohen Grade bedeutungsvoll:

Die Sturmfluth und der Meereseinbruch vom J. 1240, welcher das alte Ostfriesland und einen Theil von Schleswig mit 62 Kirchdörfern verschlang; der Meereseinbruch von 1276, wo 33 Dörfer in Ostfriesland zerstört wurden; jener vom J. 1288, wo die Meeresfluth in Flandern ganze 3 Meilen landeinwärts drang und die grössten Zerstörungen verursachte; jener von 1420 in England und Holland, das 70 Pfarreien und 100.000 Menschen verschlang; jener von 1446 und von 1470 bei Dortrecht, welche 72 Dörfer und 200.000 Menschen kostete, und so noch sehr zahlreiche andere.

Aber nicht blos Europa verzeichnet in ihren Annalen sehr verheerende Katastrophen, sondern in gleicher Zahl und Grösse auch alle übrigen Theile der Erde.

Im Jahre 1824 wurde die Küste von Perù nach einem Erbeben von Fluthwellen verwüstet, welche bis 80 Fuss hoch waren, und die die Stadt Lima mit sämmtlichen Bewohnern und den im Hafen befindlichen Schiffen spurlos vernichtete.

Im J. 1737 verschlang eine ausserordentliche Sturmfluth an 300 000 Menschen und bei 20.000 Schiffe in dem ostindischen Meere.

Im J. 1746 wurde Callas in ganz gleicher Weise zerstört, wie im vorigen Jahre die peruanischen Küstenstädte, wobei merkwürdigerweise die Entstehung von vier neuen Vulcanen diese Katastrophe begleitete.

Am häufigsten unterliegen diesen verheerenden Meeresbewegungen nebst der westlichen Küste von Amerika und den Inseln des grossen Oceans die nördliche Ostküste von Asien, Japan, die Kurilen und die Aleuten

Sie haben sämmtlich die grossen Wasserbecken der Weltmeere zur Seite, auf deren Grunde gar manche Niveau-Senkungen noch vor sich gehen müssen.

man hat in dieser Richtung berechnet, dass von 100 Erschütterungen der Meeresküsten kaum ei n e mit besonderen Bewegungen des Meeres verbunden war.

Wenn wir nun die Meeresbewegungen selbst näher betrachten, nicht nur, wie diese Erscheinung sich schon in zahlreichen früheren Fällen zeigte, welche uns näher bekannt wurden, sondern wie dieselbe, den Berichten zufolge, auch bei den Katastrophen des 13. und 16. August und des 21. Octobers 1868 beobachtet wurde; so finden wir, dass zwei charakteristische Hauptmerkmale immer vorhanden sind, welche unsere vorzüglichste Aufmerksamkeit fordern.

Es ist dies ein anfängliches tiefes Sinken des Wasserspiegels der Meere an steilen Küsten, oder ein völliger Rückzug des Meeres von seinen gewohnten Ufern da, wo seichte Küsten vorhanden sind ; und die später nachfolgenden hohen Wasserwogen, welche in langen, mauerähnlichen Linien, und in oftmaliger Wiederholung gegen die Küsten anstürmen.

Diese verbreiten Zerstörung, Tod und Verderben, so weit ihre stürmenden Fluthen reichen.

Diese beiden Erscheinungen sind von der gewöhnlichen Ebbe und Fluth, und von den herrschenden Windesrichtungen ganz unabhängig, sie zeigen jedoch im Bezuge auf die Zeit des Eintrittes und der Dauer der ersten, so wie der Zahl und Höhe der zweiten, und ebenso in dem sonstigen Verhalten des Meeres, während dem oft Tage dauernden Verlaufe derselben, jedesmal eine so grosse Verschiedenheit, wie selbe auch bei dem Eintritte und bei dem Verlaufe der Erdbeben stets beobachtet wird.

Auch steht bezüglich des Eintrittes dieser Erscheinungen die Thatsache fest, dass selbe niemals früher als die grossen Erderschütterungen, sondern immer nur im Gefolge derselben auftreten, deren zwar nicht nothwendige, aber doch immer völlig abhängige Begleiter sie demgemäss sind.

Wenn wir nun schliesslich um die wahre Veranlassung dieser Meeresbewegungen fragen, welche einerseits von jener der Erderschütterungen ganz unabhängig, andererseits aber mit denselben doch auf das innigste verbunden zu sein scheint, und dabei in den Details ihrer Wirkung für Mannigfaltigkeit ebensoviel Spielraum besitzt, als jene der Erderschütterungen ; so müssen wir offen gestehen, dass alle bisherigen Antworten auf diese Frage, so zahlreich auch dieselben schon gegeben wurden, keine befriedigende und klare Auskunft zu geben im Stande sind.

Dass selbst die grössten Orkane diese Wellenbewegung nicht hervorzubringen vermögen, geht aus dem bedeutenden Unterschiede der Geschwindigkeit hervor, mit welcher die Orkane und die Erdbeben-Fluthen sich bewegen.

Die heftigsten Orkane haben bekanntlich keine grössere Geschwindigkeit als 50 bis 60, höchstens 120 Fuss in der Secunde, während Hochstetter (Prof. D. Ferd. v.) für die Erdbebenwellen vom 13. Aug. 1868, 540 und mehr engl. Fuss in der Secunde berechnete. Diese Thatsache ist selbstsprechend !

Dass vulcanische Ausbrüche ebenso wenig als blosse Erderschütterungen dergleichen Phänomene zu erzeugen im Stande seien, haben am besten die neuesten Ausbrüche auf Santorino erwiesen, welche bei anhaltend spiegelglatter See, von zahlreichen Schiffen, ganz in der Nähe beobachtet werden konnten, und wobei Ebbe und Fluth vollkommen normal blieben.

Man hat versucht den Sauerstoff der Luft und die verschiedenen Spannungen, deren derselbe fähig ist, zur Erklärung der in Rede stehenden Meeres-Bewegungen zu benützen, indem man selben einen besondern, aber ganz ungerechtfertigten Druck auf die Meeresoberfläche ausüben liess, welcher diese Bewegungen hervorbringen sollte. *)

Man versuchte Hebungen des Meeresgrundes als Erklärung hinzustellen, ohne zu bedenken, dass dergleichen Hebungen nicht die thatsächlich beobachteten, sondern ganz entgegengesetzte Erscheinungen hervorbringen müssten; nämlich zuerst die hohen Wogen und den Austritt der Meere, und dann erst deren Rückzug. **)

So stellen sich alle diese und die ähnlichen Hypothesen, welche eine schärfere Prüfung nicht zulassen, gleichsam nur als Spiele des Geistes dar, mehr für die Phantasie der Leser als für den tieferen Denker berechnet; und so werden wir hiedurch mit einer unvermeidlich scheinenden Nothwendigkeit zu jener Beantwortung der Frage gedrängt, welche wir oben berührt, und in unseren XII Fragmenten über Geologie, des Näheren erwiesen haben.

Dort wurde gezeigt, dass nur Einstürze der Meeresgründe in darunter befindlichen Hohlräumen, die Veranlassung der in Rede stehenden ausserordentlichen Fluthbewegungen sein können, und dass, wenn diese Einstürze nur von genügender Ausdehnung und Tiefe angenommen werden, dann auch die Mächtigkeit und weite Verbreitung dieser Fluthbewegungen ihre vollständige Erklärung finden.

Solche theilweise Einstürze der Meeresgründe, welche ihrer Natur nach sehr verschieden eintreten müssen, stehen aber, wie wir gezeigt haben, mit allen bekannten Naturgesetzen in vollkommenem Einklange, und erklären uns, ohne Hilfe unbegründeter Hypothesen, alle jene mannigfaltig verschiedenen Meeresbewegungen recht klar und anschaulich, von welchen hier, als von den öfteren Begleiterinnen grösserer Erderschütterungen die Rede ist.

Weil jedoch heftige Wasserbewegungen, welche gleichzeitig ganze Oceane umfassen, nothwendigerweise auch sehr ausgedehnte und tiefe Meeresgrund-Einstürze voraussetzen; so frägt es sich hier, ob wir berechtiget sind, dergleichen in einer Zeit noch vorauszusetzen, welche im Vergleiche mit der vorhistorischen Sturmperiode, jedenfalls eine ganz ruhige genannt werden kann? Wir glauben jedoch diese Frage anstandlos bejahen zu dürfen, denn Senkungen des Fest-

---

*) James Hall.
**) Mallet.

landes in sehr bedeutenden Strecken, welche unter den Augen verlässlicher Beobachter vor sich gingen, und die daher keiner Täuschung unterliegen, sind uns zahlreich bekannt.

In den Jahren 1811 und 1812 verursachten die Erschütterungen des Missisippi-Thales so bedeutende Bodensenkungen, dass eine derselben zu einem See von 5 deutschen Meilen Durchmesser wurde. Im Jahre 1819 erzeugte, nach Lyell, das Erdbeben von Cutsch am Indus die Senkung von 500 deutschen Geviert-Meilen, welche in einen See verwandelt wurden. An einem anderen Orte senkte dieses Erdbeben volle 90 gezog. Quadrat-Meilen unter das Meer, welche zu einer Meeresbucht von durchschnittlich 10 Fuss Tiefe wurden.

Die Erklärung solcher Einstürze im Innern der Erde, welche so grossartige Folgen auf der Erd-Oberfläche, wie diese genannten, zu zeigen vermögen, ist aber bei den im Innern der Erde noch zahlreich vorhandenen Hohlräumen keine sehr schwierige Sache. Sie bedarf nur der Annahme des Bestandes zahlreicherer solcher, in grösserer gegenseitiger Nähe, neben oder unter einander, um befriedigend genannt zu werden. Eine solche Annahme widerstreitet aber weder einem Naturgesetze, noch den zahlreichen thatsächlichen Beobachtungen, welche wir in unseren Grotten und Höhlen zu machen täglich Gelegenheit haben.

Wenn wir die vorerwähnte letztere Senkung am Indus cubisch berechnen, so ergibt sich die Masse von mehr als einer englischen Cubik-Meile, welche gleichzeitig zum Sinken gelangte.

Fand aber eine so grossartige Senkung des Meeresgrundes in Mitte des grossen Oceans, an der von uns angedeuteten Stelle, in der Nähe der niederen oder Gesellschafts-Inseln statt (welcher, im Vorbeigehen sei es gesagt, ohnehin öfteren Einsenkungen unterliegt), so frägt es sich, welche Bewegungen der Oceans-Oberfläche ein solches Ereigniss nothwendig herbeiführen müsste?

Nach hydrodinamischen Gesetzen fällt bekanntlich das Wasser in den entstandenen Hohlraum allsogleich und plötzlich hinab; an der Oberfläche des Oceans entsteht eine viel grössere Mulde als der Einsturzraum am Meeresgrunde gewesen ist; bei Wiederschliessung dieser Mulde ergibt sich in der Mitte derselben durch den Zusammenstoss der concentrischen Wellen ein gewaltiger und hoher Wasserberg; und dieser erzeugt bei seinem Bestreben, die verlorene Ruhe wieder zu erlangen, eine Wogenbewegung, deren Grösse und Verbreitung der Tiefe und der Ausdehnung des erfolgten Einsturzes entsprechen wird.

Bei den Dimensionen, welche solche unterseeische Einstürze, analog mit den erwähnten des Festlandes haben können, widerstreitet es den Bewegungs-Gesetzen des Wassers nicht, wenn die hohen Sturzwellen, welche am 13., 14. und 15. August dieses Jahres die ganze Westküste von Amerika und zugleich (soweit bis jetzt die Nachrichten lauten) auch die Ostküste von Neuseeland, von Australien und von Japan verheerten, als von der heftigen Aufregung der Wasser-Oberfläche in Mitte des Oceans durch Einstürze des Meeresgrundes an diesem Puncte hingestellt werden.

14

Im Gegentheile stimmen dieselben vollkommen mit jeder Berechnung überein, wenn wie gesagt, die entsprechenden Grössen der bewegenden Veranlassung zur Grundlage genommen werden.

Dass die Wasserbewegung den Bodenerschütterungen niemals vorauseile, sondern immer später als letztere eintrete, erklärt wie gesagt, die grössere Schnelligkeit der Wellenbewegung bei erschütterten harten Erdschichten, im Vergleiche mit jener des flüssigen Wassers. Ungeachtet die Maasse dieser zwei Bewegungen uns nur sehr wenig bekannt sind, kann dies doch, aus analogen kleinen Versuchen, im Allgemeinen immerhin angenommen werden.

Wir finden demnach solcherweise ebensowohl die ausserordentliche Verbreitung gleichzeitiger Erderschütterungen, als auch jene der nachfolgenden hohen Wasserbewegungen in weitester Verbreitung, mit der Annahme von Einstürzen grosser innerer Hohlräume in Innern der Erde, und grosser Theile der Meeresgründe im vollkommensten Einklange.

Es bliebe uns demnach nur noch der Einklang des Verhaltens der Vulcane, mit der Annahme von Einstürzen im Innern der Erde, als der Veranlassung unserer grossen Erd- und Wasserbewegungen, zu erweisen übrig, um die volle Uebereinstimmung aller hiebei beobachtet werdenden Erscheinungen derselben, mit dieser unserer Annahme gezeigt zu haben.

Alle Vulcane der Erde sind nach unsern geologischen Begriffen, die wir in den XII Fragmenten näher entwickelt haben, nur die hohen Schlöte von grossen inneren Behältnissen, leicht brennbarer, ja selbst feuerflüssiger Bestandtheile der Erde, welche durch Klüfte, Spaltnugen und Risse, mit der in tiefen Hohlräumen des Erdinnern befindlichen und sehr erhitzten Luft in Verbindung stehen.

Wie wir Salze, Metalle und andere vom Bergbaue verfolgten Mineralien, entweder in grossen Massen (Nestern), oder in weit verbreiteten Schichten an besonderen Localitäten vereint finden, so sind auch besondere Localitäten die Lagerstätten der Steinkohlen, Oele, Erdpeche, mit Einem Worte jener leicht brennbaren Mineralien, welche bei gebotener Veranlassung die Erscheinungen vulcanischer Ausbrüche hervorbringen.

Ohne einer solchen Veranlassung bleiben jedoch die brennbaren und geschmolzenen Stoffe der Vulcane im Innern der Erde in ewiger Ruhe, wie dies mit allen anderen Stoffen der Fall ist.

Unter allen Veranlassungen, welche die im Innern der Erde waltenden Naturgesetze zu bieten im Stande sind, um die Thätigkeit der Vulcane zu wecken, vermag aber keine so grossartige Erscheinungen hervorzubringen, wie es die vulcanische Thätigkeit der Vorzeit, die uns durch die Grösse der jetzt erloschenen Vulcane annähernd bekannt ist, und auch jene der Gegenwart, die häufig genug bedeutende Kraft zeigt, nothwendig fordern.

Wärme, Krystallskraft, Cohäsion, Magnetismus, Metamorphose, Feuchtigkeit etc. wirken zwar unaufhaltsam und ununterbrochen fort, aber mit nur so geringem und mit so langsamem Erfolge, dass wir solchen erst nach sehr langen Zeiträumen wahrzunehmen vermögen.

Auch wirken sie unablässig und ohne Unterbrechung fort, wesshalb diese ihre Einwirkung auf die Vulcane, wenn sie vorhanden wäre, auch eine gleichförmig anhaltende, keineswegs aber eine sporadische und heftige sein müsste, wie sie in der That beobachtet wird.

Es können die genannten Kräfte demnach die veranlassenden Ursachen der vulcanischen Erscheinungen nicht sein!

Nur die **Schwerkraft** mit ihrer unwiderstehlichen Gewalt erschüttert, wie wir gesehen haben, ganze Continente und ganze Oceane, und ist daher auch im Stande, bei den Vulcanen jenen plötzlichen Aufruhr zu wecken, den wir leider noch immer zu oft zu erblicken Gelegenheit finden.

Aber die blosse leise Erschütterung der Erde, wie sie bei Erdbeben so häufig beobachtet wird, vermag die Veranlassung der vulcanischen Eruptionen nicht zu sein, ebensowenig als sie jene der grossen Sturzwellen im Meere zu sein vermag, deren Ursprung wir eben gezeigt haben. Es wird hiezu vielmehr ein besonderer Druck oder Stoss gegen die Grundlage oder gegen die Seitenwände der vulcanischen Herde erfordert, welcher den cubischen Raum desselben zu vermindern und solcherweise eine Bewegung der feurigflüssigen Stoffe zu erzeugen vermag.

Dergleichen kann jedoch nur durch den Einsturz nahe gelegener Hohlräume bewirkt werden, welcher zugleich die heisse Luft des Erdinnern durch die vorhandenen sich hiebei öffnenden Spalten und Risse mit dem Herde des Vulcans in Verbindung bringt.

Man denke sich ein grosses Lager brennbarer, vielleicht feuerflüssiger Stoffe durch Stoss und Druck in Bewegung gesetzt, und durch den Hinzutritt hochgedrückter heisser Luft noch in grösseren Aufruhr gesetzt. Wir werden dann leicht alle vulcanischen Erscheinungen begreifen.

Jene Erdbewegungen aber, welche sich den Vulcanen nur aus grosser Ferne mittheilen, und welche daher nur ondulatorischer Natur sind, können, wie wir es am 13. August und in den nachfolgenden Tagen sahen, diese Wirkung nicht haben.

Deshalb blieben auch bei dem grossen Erdbeben von Lissabon im Jahre 1755 alle naheliegenden Vulcane ruhig, obwohl sie ebenfalls von der Erd-Erschütterung erreicht wurden.

Denn auch damals war nicht Lissabon der Ausgangspunct der bis Nord-Amerika verbreiteten Erd- und Wasserbewegung, sondern irgend eine Stelle im atlantischen Ocean, deren Grund damals so einstürzte, wie dies heuer im grossen Ocean der Fall gewesen sein muss.

Wir sehen also, dass auch das Verhalten der Vulcane, und folglich alle wesentlichsten Erscheinungen der grossen Katastrophe vom 13. August, welche jedenfalls allen übrigen grossen Katastrophen der historischen Zeit durch ihre grossartigen Wirkungen nicht nachsteht, sich in vollster Uebereinstimmung mit unserer Einsturzlehre befinden!

Wir haben den Bestand zahlreicher und grosser Hohlräume im Innern der Erde wissenschaftlich nachgewiesen; wir haben zahlreiche Formen der Erd-Oberfläche als die nothwendigen Folgen der in der Vorzeit der Erde stattgefundenen Einsturzbewegungen erkannt; wir haben die Erscheinungen, welche solche Einsturzbewegungen nothwendig mit sich führen müssen, gründlich erwogen; wir haben an den Erscheinungen neuester Erderschütterungen diese Erwägungen bestätiget gefunden!

Wir dürfen demnach hoffen, durch unsere gegenwärtigen Blätter der richtigen Beantwortung unserer Erdbebenfrage einigermassen näher gerückt zu sein, als dies bis jetzt der Fall war; und erwarten deshalb ganz vertrauensvoll, dass, wenn wir auch, der unvermeidlichen Breite ungeachtet, in welche wir uns verwickelten, den höchst interessanten und wichtigen Gegenstand nicht erschöpfend zu erweisen vermochten, so doch unsere freundlichen Leser, für die erlittene Ermüdung, uns nachträglich die Indemnität votiren werden.

Es bliebe uns nur noch ein Blick in die Tiefe der Erde zu thun übrig, um die Richtigkeit unserer Schlüsse (oder unsere gänzliche Täuschung!) ganz vollkommen klar zu machen!

Es haben in neuester Zeit die wissenschaftlichen Erkenntnisse an Weite unendliche Fortschritte gemacht; unsere Spectral-Analyse reicht schon bis zur unendlichen Ferne der Sonne, ja bis zu den funkelnden Sternen hinaus!

Wir sehen solcher Weise, dass die herkulischen Säulen unserer Forschbegierde viel weiter gestellt sind, als wir noch unlängst vermutheten. Unsere Kräfte reichen weit, recht weit, wenn der Geist sie beflügelt!

Dürfen wir nicht hoffen, dass ein zweiter Bunsen, ein zweiter Schiaparelli*) uns vielleicht recht bald auch diesen Blick in die Tiefe ermöglichen werde, in die geheimnissvolle Tiefe unserer Erde, welche uns doch so viel näher steht als Sirius und Alfa Leonis?!

Hoffen wir es; zur endlichen Feststellung unserer noch sehr schwankenden geologischen Begriffe!

TRIEST im Juni 1869.

---

*) Schiaparelli, Astronom in Mailand, machte in neuester Zeit interessante Entdeckungen über die Natur und die Bewegung der Kometen. Er bewies solcherweise durch genaue Rechnung, die Richtigkeit unserer in den XII Fragmenten über Geologie, schon im J. 1861 aufgestellten Theorie dieser Himmelskörper und der Stellung, welche selben in unserem Sonnensysteme zukömmt.

Druckfehler.

———

Seite 7, Zeile 20 von Oben lese: f o l g l i c h statt: foglich.

  „ 8,   „ 5   „   „   „   13 statt: 15.

  „ 8,   „ 8   „   „   „   indem w i r die, statt: indem die.

  „ 10,   „ 10   „   „   „   a u f statt: auch.

  „ 10,   „ 8   „ Unten   „   C a l l a o statt: Callas.

  „ 11,   „ 16   „ Oben   „   B e i d e Erscheinungen statt: diese beiden u. s. w.